Der Katzenjammer am Neujahrsmorgen

Wilhelm Busch

Am Morgen nach Silvester

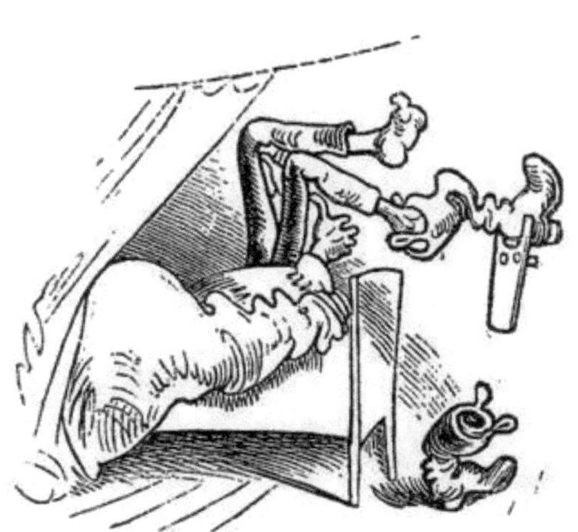

Schmerz in den Kniegelenken

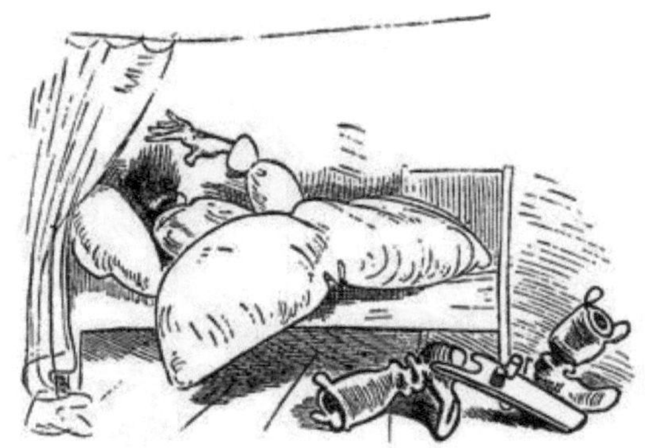

Gesteigerte Sensibilität der Haarspitzen, vulgo Haarweh

Wiederkehrendes Bewußtsein

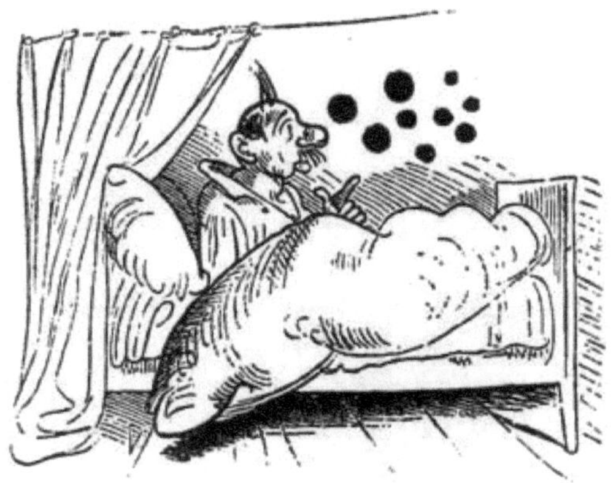

Subjektive Farbenerscheinung in Gestalt beweglicher Flecken

Gemeines Schädelweh

Wo hab' ich denn das heut' nacht erwischt?!

Ohha? Noch immer ein bissel wackelig?!

Versuch einer Morgenpfeife

Auch zuwider!!

Wo im Dunkeln die Uhr hingelegt wurde

Der Hausgang neu angestrichen

O weh! Der neue Zylinder im Waschbecken.

Das Geld ist auch fort.

Doch finden sich noch drei Kreuzer im Stiefel.

Abkühlung und Erfrischung

Ein Magenbitter

Brrr!

Nach dieser heilsamen Erschütterung geht's ja soweit wieder ganz gut.